Reader Level
**Level Two**

Unique Characters
**450**

# 美好的前途（下）

Měihǎo de Qiántú (Xià)

# Great Expectations: Part 2

Charles Dickens

Chinese Graded Readers

Published by Mind Spark Press LLC Shanghai, China

Mandarin Companion is a trademark of Mind Spark Press LLC.

Copyright © Mind Spark Press LLC, 2015

For information about educational or bulk purchases, please contact Mind Spark Press at BUSINESS@MANDARINCOMPANION.COM.

Instructor and learner resources and traditional Chinese editions of the Mandarin Companion series are available at WWW.MANDARINCOMPANION.COM.

First paperback print edition 2015

Library of Congress Cataloging-in-Publication Data Great Expectations: Part 2: Mandarin Companion Graded Readers: Level 2 , Simplified Chinese Edition / Charles Dickens; [edited by] John Pasden, Chen Shishuang, Yang Renjun Shanghai, China: Mind Spark Press LLC, 2015 Library of Congress Control Number: 2015955425

ISBN: 9781941875063 (Paperback)
ISBN: 9781941875124 (Paperback/traditional ch)
ISBN: 9781941875094 (ebook)
ISBN: 9781941875100 (ebook/traditional ch)

MCID: SFH20220805T182617

All rights reserved; no part of this publication may be reproduced, stored in a retrieval system, transmitted in any form, or by any means, electronic, mechanical, photocopying, recording, or otherwise, without the prior written permission of the publishers.

# What Graded Readers can do for you

Welcome to Mandarin Companion!

We've worked hard to create enjoyable stories that can help you build confidence and competence and get better at Chinese–at the right level for you.

Our graded readers have controlled and simplified language that allows you to bring together the language you've learned so far and absorb how words work naturally together. Research suggests that learners need to "encounter" a word 10-30 times before truly learning it. Graded readers provide the repetition that you need to develop fluency NOW at your level.

In the next section, you can take an assessment and discover if this is the right level for you. We also explain how it won't just improve your Chinese skills but will have a wide range of benefits, from better test scores to increased confidence.

We hope you enjoy our books, and best of luck with your studies.
Jared and John

## Frequently Asked Questions

**Do you have versions with pinyin over the characters?**

No. Although this method is common for native Chinese learners, research and experience show it distracts a second language learner and slows down their ability to learn the characters. If you require pinyin to read most of the characters at this level, you should read something easier.

## Is there an English translation of the story?

No. Research and experience show that an English translation will slow down the development of your Chinese language learning skills.

## Is this the right level for me?

Let's find out. Open to a story page with characters and start reading. Keep track of the number of characters you *don't* know but don't count any key words you don't know. If there are more than 8 unknown characters on that page, you may want to consider reading our books at a lower level. If the unknown characters are fewer than 8, then this book is likely at your level! If you find that you know all the characters, you may be ready for a higher level. However, even if you know all the characters but are reading slowly, you should consider building reading speed before moving up a level.

## How do you decide which characters to include at each level?

Each level includes a core set of characters based on our extensive analysis of the most common characters and words taught to and used by those learning Chinese as a second language. All books at each level are based on the same core set and they can be read in any order.

# What to expect in a Level 2 book?

It's important that you read at the level that is right for you. Check out the next page to learn more about Extensive Reading and how we use that in graded readers to support the learning of Chinese by just enjoying a good story.

Books in our Level 2 like this one:

- Include a core set of 450 Chinese words and characters learners are most likely to know.
- Are about 15,000 characters in length
- Use level appropriate grammar
- Include pinyin and a translation of words and characters you are not

expected to know at this level
- Include a glossary at the back of book
- Include proper nouns that are underlined

# What is Extensive Reading?

It will improve test scores, your reading speed and comprehension, speaking, listening and writing skills. You'll pick up grammar naturally, you'll begin understanding in Chinese, your confidence will improve, and you'll enjoy learning the language.

Graded Readers are based on science that is backed by mountains of research and proven by learners all over the world. They are founded on the theories of Extensive Reading and Comprehensible Input.

Extensive Reading is reading at a level where you can understand almost all of what you are reading (ideally 98%) at a comfortable speed, as opposed to stumbling through dense paragraphs word by word.

When you read extensively, you'll understand most of the words and find yourself fully engaged with the story.

Reading at 98% comprehension is the sweet spot to max out your learning gains. You do still learn at the Intensive Reading level (90–98%), but the closer you are to the Extensive level, the faster your progress.

No one should be reading below a 90% comprehension level.

It's called Reading Pain for a reason. You spend so much time in a dictionary and after 30 painful minutes on ONE paragraph, you're not even sure what you've just read!

**If you want to know more, check out our website**
www.mandarincompanion.com

# Table of Contents

Story Notes — vii
Character Adaptations — viii
Cast of Characters — ix
Locations — x

**Chapter 1** 新生活 — 1
**Chapter 2** 又见到冰冰了 — 10
**Chapter 3** 受伤的心 — 17
**Chapter 4** 不一样的我 — 24
**Chapter 5** 帮我的人出现了 — 29
**Chapter 6** 老黑的故事 — 37
**Chapter 7** 村子里的变化 — 44
**Chapter 8** 意外的短信 — 53
**Chapter 9** 老黑和龙哥 — 58
**Chapter 10** 思思结婚了 — 63
**Chapter 11** 十年之后 — 69

Key Words — 75
Grammar Points — 79
Credits and Acknowledgments — 84
About Mandarin Companion — 85
Other Stories from Mandarin Companion — 86

# Story Notes

Written in the last decade of his life and published in 1861, *Great Expectations* was Charles Dickens's last great novel and is widely considered to be his finest. A complex and multifaceted story, this tale required special care and attention when adapting into a Chinese graded reader. It follows the growth, trials, maturation, and ultimate self-realization of the main character, Pip, from boy to manhood. Its drama, satire, intrigue, and unexpected twists have captivated readers for over a century.

This story was adapted from Victorian England to modern-day Shanghai, both periods that feature stark contrasts between old and new, the wealthy and the poor. In this second volume, most of the story takes place in Shanghai proper, filled with highrises and picturesque views of the cityscape. Pip's, or 小毛 (Xiǎo Máo), apartment building and school front are both modeled after actual buildings in Shanghai.

Shanghai proved an appropriate setting to address many themes in Dickens's novel, such as wealth, poverty, injustice, mercy, unrequited love, and, of course, expectations—both societal and those self-imposed by the ambitions of youth.

As of the publishing of this book, the combined volumes of 美好的前途 (Měihǎo de Qiántú) is over thirty-thousand characters long and the longest Chinese graded reader in existence.

In writing the ending of this story, we could find no better words than Dickens's very own. You'll find the last sentence to be as close to a translation that could be rendered in a Mandarin Companion Level 2 graded reader. A story that ages like wine, we expect you'll enjoy discovering this classic tale in Chinese.

# Character Adaptations

The following is a list of the characters from this Chinese story followed by their corresponding English names from Charles Dickens's original story. The names below are not translations; they are new Chinese names used for the Chinese versions of the original characters. Think of them as all-new characters in a Chinese story.

吴小毛 (Wú Xiǎomáo) – Pip
姐姐 (Jiějie) – Mrs. Joe Gargery
姐夫 (Jiěfu) – Joe Gargery
胖子 (Pàngzi) – Dolge Orlick
思思 (Sīsī) – Biddy
白小姐 (Bái Xiǎojiě) – Miss Havisham
冰冰 (Bīngbīng) – Estella
金子文 (Jīn Zǐwén) – Mr. Jaggers
小河 (Xiǎo Hé) – Herbert Pocket
老黑 (Lǎo Hēi) – Magwitch
龙哥 (Lóng Gē) – Compeyson

# Cast of Characters

**吴小毛**
(Wú Xiǎomáo)

**姐姐**
(Jiějie)

冰冰
(Bīngbīng)

金子文
(Jīn Zǐwén)

小河
(Xiǎo Hé)

姐夫
(Jiěfu)

胖子
(Pàngzi)

龙哥
(Lóng Gē)

思思
(Sīsī)

白小姐
(Bái Xiǎojiě)

老黑
(Lǎo Hēi)

# Locations

### 上海 (Shànghǎi)

China's largest city, Shanghai embodies the past, present, and future of China. It is the cosmopolitan center of commerce and fashion for China, where western culture blends with eastern traditions.

### 外滩 (Wàitān)

The Bund in Shanghai is a row of grand buildings built in the early 1900's modeled after British and American architectural styles lining the west bank of the Huangpu River. The iconic Pudong skyline is on the east bank and home to three of the world's tallest buildings.

### 云南 (Yúnnán)

Yunnan Province in southwest China borders Vietnam, Laos and Myanmar to the south. It is home to many Chinese ethnic minorities, and even today has a bit of an exotic feel for many Chinese.

### 越南 (Yuènán)

The country of Vietnam. Tropical and scenic, Vietnam is located on the south border of China. Today, Vietnam has become a growing industrial and commercial hub in Southeast Asia.

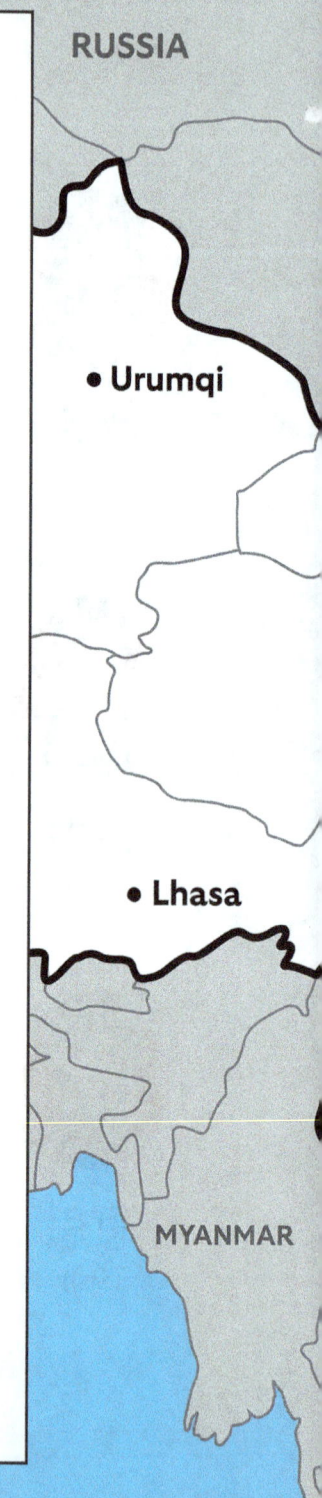

1. 你觉得白小姐有没一个主意像她的弟弟一样？
2. 你觉得小毛还喜欢冰冰吗？
3. 你觉得小何真的改变了吗？

# 新生活

上海火车站就在市中心，下了火车，我站在路边，看着旁边¹的高楼、汽车，感觉美好²的前途³离我越来越近了。以前经常听别人说上海是一个热闹的大城市，也是一个很美好²的地方。现在我真的来了，我要在这里开始我新的生活了！

上次金律师⁴来我家的时候，给了我一张他的名片。他走了以后，我一直在等着很快再跟他见面。我知道只要找到他，就可以很快改变自己的生活。拿着他给我的那张名片，我找到了他的

---

1 旁边 (pángbiān) *n.* next to
2 美好 (měihǎo) *adj.* wonderful, glorious
3 前途 (qiántú) *n.* prospects, future, "expectations"
4 律师 (lǜshī) *n.* lawyer

# Great Expectations: Part 2

办公室。

我到的时候，金律师不在。我坐下来等了一会儿，他就回来了，身后还跟着一个男人。我听到那个男人哭着对他说："请你帮帮我弟弟吧，他不是小偷。"可金律师好像一点都不想听他说话："你现在来找我已经没用了，我已经是别人的律师了，而且你弟弟的事情我也不想管。"这时候，金律师注意到我来了，他带我进了他自己的办公室，然后把门轻轻地关上了。

"衣服不错，跟上次不一样了。"金律师看了我一下，我不好意思地笑了笑。然后，他拿出了一个手机，说："这个手机是给你的，你要去的是上海最好的高中，你的同学用的东西都是最新的，那个帮你的人希望你能跟他们一样。"

我从没想过自己能用上这么好的手机！还

---

5　办公室 (bàngōngshì) *n.* office
6　小偷 (xiǎotōu) *n.* thief
7　注意 (zhùyì) *v.* to notice
8　希望 (xīwàng) *v.; n.* to hope; hope

是别人送给我的!

"我以后住在学校里吗?"我问金律师。

"不用。帮你的人想让你多看看大城市的生活,所以我已经帮你找到了一个住的地方,那儿离外滩(tān)不远,你就跟我同事的儿子住。另外,你每个星期都可以来我这儿拿一些钱,也跟我聊聊你的生活。你的事我不会管太多,但是我需要把这些都告诉帮你的人。"

从金律师的办公室出来以后，我也不认识路，就打了一辆车。司机听说我要去外滩，就跟我聊了起来。不到十分钟，车停在了一个大楼门口。我带着自己的东西，上了楼。新家特别大，从窗子看出去就是外滩，那是上海最贵最漂亮的地方。能住在这样的房子里，我感觉自己很快就会变成一个不一样的"吴小毛"了。

就在这时候，走进来一个男孩，戴着眼镜，瘦瘦的，看起来跟我差不多大。他应该就是金律师同事的儿子，可我感觉好像在哪儿见过他。他走到我面前，看着我说："你是在白小姐家打赢我的那个男孩！"

---

9 辆 (liàng) *mw.* [measure word for cars]
10 司机 (sījī) *n.* driver
11 戴 (dài) *v.* to wear (glasses, jewelry, accessories)
12 面前 (miànqián) *n.* in front of one's face
13 赢 (yíng) *v.* to win

"是你!"他这么一说我就认出他了,因为他戴着眼镜。"那个跟我打架的孩子!"

我们都笑了起来,"在白小姐家真的太无聊了,我总想找人打架。后来好不容易找到了你,没想到每次都是你赢。其实我一直想跟你说'对不起',现在说不晚吧?"

14 认出 (rènchū) vc. to recognize (someone)
15 无聊 (wúliáo) adj. bored, boring, lame
16 好不容易 (hǎobùróngyì) adv. with great difficulty
17 其实 (qíshí) adv. actually

我也笑了:"其实我没想伤害你,也没想打赢你。我只是想不明白你为什么要跟我打架,就感觉你好像挺无聊的。其实应该说'对不起'的人是我。我叫吴小毛,你叫什么?"

"你叫我'小何'就好了,以后我就叫你'小毛'吧。"男孩笑着说,我觉得他是一个很阳光很爱笑的男孩,跟我们上次见面的时候不一样。

"你知道我那天为什么在白小姐家吗?"小何问。

---

18 伤害 (shānghài) *v.; n.* to hurt; harm      19 阳光 (yángguāng) *n.* sunlight

"因为白小姐想找个男孩去她家玩？"

"对。但是因为我爸爸是白小姐叔叔的孩子，所以她不喜欢我。如果她喜欢我的话，可能我现在就是一个有钱人了，或者要跟冰冰结婚了。"小何说。

"你想跟冰冰结婚吗？"我有点好奇。

"我才不想呢。她有什么好？一点也不可爱！而且她又不是白小姐的女儿。白小姐让她过这么好的生活，只是为了让她去伤男人的心。世界上谁会对自己的女儿做出这样的事？"

"什么？真的吗？"我不太敢相信小何说的话，但是他的话也让我对冰冰的事更好奇了。

"白小姐的妈妈死得早，她那有钱的爸爸很快就跟他们家的阿姨结婚了。那个阿姨后来生

---

20 叔叔 (shūshu) *n.* uncle
21 结婚 (jiéhūn) *vo.* to get married
22 好奇 (hàoqí) *adj.* curious
23 世界 (shìjiè) *n.* world
24 敢 (gǎn) *v.* to dare (to)
25 阿姨 (āyí) *n.* aunt

了一个儿子，所以白小姐有个弟弟。那个弟弟坏得很，做了很多坏事。后来，白小姐喜欢上了一个男人，那个男人要什么，白小姐就给他什么。但是，我爸爸让白小姐不要相信这个男人，她很不高兴，不相信我爸爸。但是就在白小姐结婚的那天早上，那个男人突然不见了。白小姐穿好婚纱等他，一直等。白小姐知道这件事情的时候是早上 8 点 40 分，她刚开始不敢相信这件事真的发生了，因为她怎么想都想不明白，还哭着说要去找他。不过时间长了以后，白小姐慢慢意识到那个男人不可能再回来了，就开始变得很奇怪。总是穿着那件婚纱，把自己关在房间里，再没出来过，也再没见过阳光。她家的钟也一直停在 8 点 40 分。人们都说，那个男人是她弟弟的朋友，他跟白小姐结婚

---

26　突然 (tūrán) *adv.; adj.* suddenly; sudden　　27　意识到 (yìshí dào) *vc.* to realize

都是她弟弟的主意。因为白小姐的爸爸死了以后,她弟弟得到的钱没有她得到的钱多。弟弟为了从她那儿得到更多的钱,就想出了这个坏主意。那个男人可能从来都没爱过白小姐,他跟她在一起只是为了得到她的钱。"

听完小何的话,我有点不知道该说什么。不过在我看来,白小姐说过的那些奇怪的话,现在都不难理解了。

"白小姐跟我说冰冰也在这里上学。你见过她吗?"我很想了解一些冰冰最近的生活。

"见过。我们都在一个学校。真不知道她这样的女孩会不会有朋友。"听起来小何真的不太喜欢冰冰。

真希望学校明天就开学!

---

28 主意 (zhǔyi) *n.* idea

# 又见到冰冰了

几天后，我开学了。

第一次走进新学校的时候，我有点不敢相信自己的眼睛。世界上原来还有这么漂亮的学校！学校里有那么多的新东西，好多我都没见过。很多同学都是父母或者自己家的司机开车送到学校门口的。看着他们，我开始担心了，要是被大家发现我是从村子里来的，他们还愿意跟我做朋友吗？不过，一想到今天能见到冰冰，我所有的担心和不开心很快全都没了。

我和冰冰虽然在同一个学校，但是学校很

---

29　原来 (yuánlái) *adv.; adj.* it turns out that...; original

30　担心 (dānxīn) *v.* to worry

31　被 (bèi) *part.* [passive particle]

32　愿意 (yuànyì) *v.* to be willing

大，我只有在吃饭的时候才能看到她。很久没见到冰冰，她变得比以前更漂亮了，但是她还是跟以前一样，看到我的时候不跟我说话，也不笑，冷冷的，好像不认识我一样。

为了让冰冰注意到我的变化，我请小何帮我买了一辆车。车是二手的，不过挺新的，而且也不贵。如果我每天自己开车上学，一定会改变冰冰原来对我的看法。

我喜欢小何这个朋友，也喜欢跟他住在一起。我们从不自己做饭，每天都去饭店吃。小何也经常带我去一些很好的饭店，饭后还会去KTV。这样的生活让我的钱很快就不够花了。慢慢地，我发现从金律师那里拿的钱其实还不够多。于是我又去办了一张信用卡。

我经常请同学吃饭，或者请他们去KTV，有

---

33　KTV (K-T-V) *n.* karaoke
34　于是 (yúshì) *phrase* as a result…, and then…
35　信用卡 (xìnyòngkǎ) *n.* credit card

时候还开车带他们出去玩。我开车开得很快,有几次还差点撞到了别人。但是我不怕,我喜欢跟大家一起玩,跟他们在一起让我感觉自己再也不是以前的那个吴小毛了。就这样,我交了很多朋友。高一很快就过去了,这一年里,我经常能见到冰冰,但是她一直对我冷冷的。

---

36 差点 (chàdiǎn) *adv.* almost
37 撞 (zhuàng) *v.* to crash into
38 高一 (gāo-yī) *phrase* first year of high school (高中一年级)

冰冰真的是越来越漂亮了，学校很多男生都喜欢她，不过冰冰对他们都很冷。但是最近，我发现冰冰总是跟一个男生在一起，还总是对那个男生笑。这让我很生气，因为冰冰很少对我笑！

后来听朋友说，那个男生叫万成，家里特别有钱，但是他说话很大声，学习不好，还经常打人。大家都觉得他很烦，特别是我，而且我完全[39]不理解冰冰为什么要跟这种人在一起。

有一天，冰冰一个人在吃饭，我看旁边没人，走过去问她："冰冰，你了解万成吗？难道[40]你不知道大家都不喜欢他吗？你怎么会跟他这种人在一起？还总是对他笑！你真心喜欢他吗？"[41]

"你是不是太无聊了？我喜不喜欢他跟你有什么关系？也许他是不够好，可我就是喜欢

---

39 完全 (wánquán) adv. completely
40 难道 (nándào) conj. "Could it be that…?" [rhetorical question marker]
41 真心 (zhēnxīn) adj. sincere, heart-felt

跟他在一起！再说，我爱对谁笑是我自己的事，要你管？你知不知道你这个人很烦？"冰冰越说越不高兴，"我不对你笑，你应该感到高兴，因为你看到的冰冰才是真正的冰冰。"

她这样说让我不知道该哭还是该笑。我最喜欢的女孩，不对我笑，但是我应该高兴？这怎么可能？我这么关心她，她不但不理解我的心情，还说我无聊，我真是越想越难过。

晚上一进家门，小何就走过来跟我说，他有女朋友了。

"真的吗？太好了。什么时候让我见见？"我真的很为他高兴。

"好啊。她特别可爱，你一定会喜欢她的。可是现在的问题是，她家没什么钱，我爸妈不同意我跟她在一起。我爸说，如果我要跟她结婚，家里是不会给我们买房子的。所以，以后我得好好工作，自己买房。"小何好像已经为以后的生活做好了打算。

我知道，如果小何决定这样做，那他以后的生活应该不会再像以前那么容易了，但是我特别能理解他的这个决定。一个人只要能跟自己

---

43 关心 (guānxīn) *v.* to be concerned (with)  45 打算 (dǎsuan) *v.*; *n.* to plan to; plans
44 心情 (xīnqíng) *n.* mood

喜欢的人在一起就够了。再说，他还那么年轻，别的都还有希望[8]，不是吗？想想我自己，现在是有了点钱，学校也不错，可我总觉得少了点儿什么。

## Three

# 受伤的心

时间过得真快,高三开始了。为了上大学,大家学习都越来越紧张了。我那么想上大学,现在有了这个机会,怎么能不紧紧抓住呢?

有一天白小姐打电话给我,说冰冰不愿意回家,问我能不能想办法带冰冰回去看她。我试着问了冰冰,没想到她很快就同意了。

在白小姐家,我看到了胖子!胖子给白小姐家干活?这是我完全没有想到的。我跟白小姐说,胖子不是一个可以相信的人,千万不能把

---

46 高三 (gāo-sān) *phrase* third year of high school (高中三年级)
47 紧张 (jǐnzhāng) *adj.* nervous
48 机会 (jīhuì) *n.* opportunity
49 抓 (zhuā) *v.* to grab, to try to catch
50 千万 (qiānwàn) *adv.* absolutely (not)

他留在家里。白小姐听了我的话，决定下个星期就让胖子离开。

我以为冰冰只有在我面前才很少说话，也不笑，但是后来我发现她对白小姐也是这样的，我都不知道她跟白小姐有没有感情。白小姐的身体越来越差了，看起来又老了一些。冰冰这次回来看她，看得出来她特别高兴。我知道，她一定想让冰冰留在家里住一个晚上，但冰冰一点也不想在家里多待，她想快点回学校。这让白小姐特别失望。

"你怎么可以这样对我？我什么都给你最好的，还把你送到上海去上最好的学校，你怎么一点也不关心我？"白小姐的声音还是很小，但是可以听出来她真的挺失望的。

---

51 留 (liú) *v.* to leave behind, to stay behind    53 待 (dāi) *v.* to stay
52 感情 (gǎnqíng) *n.* emotion, sentiment    54 失望 (shīwàng) *v.* to be disappointed

"你是在怪我吗?我是不是应该说'对不起,我让你失望了'?"冰冰说话的时候也不看白小姐的眼睛,"从小到大你是怎么教我的?你教我伤男人的心,教我去伤害别人,现在你觉得受不了了?还怪我对你不够好,不够关心你?我告诉你,这都是你教我的。"说完,冰冰就头也不回地走了。

---

55 怪 (guài) *v.* to blame

56 受不了 (shòubuliǎo) *vc.* to be unable to stand (something)

回学校的路上,冰冰一句话也不说,我知道她心情很不好。白小姐的事,我其实一直很想问她,但是我没问,我担心问了会让她心里更烦。

快到外滩的时候,我看到了万成,他应该是在等冰冰。冰冰让我把车停在路边,她下了车就向万成跑去。

万成也看到了我,他走过来,看着我,笑得很不友好:"你就是吴小毛吧?你家人怎么会叫你吴小毛啊?听起来就像一个修理工的名字!"说完,他大笑起来。我气得要死,如果不是冰冰在,我早就把他按在地上打了。

可能冰冰也觉得万成说话太难听了,有点不高兴地对他说:"我有点事情要跟吴小毛说,你去那边等我吧。"

万成走开了以后,冰冰对我说:"以后你不

---

57 按 (àn) v. to press, to hold (down)

要来找我了，我很忙的。还有，我从来都没喜欢过你，以后也不会喜欢你，记住了吗？"

听到冰冰这样说，我又难过又生气，差点[36]就哭了出来："冰冰，我喜欢你，你是知道的。我第一次在你家见到你的时候，就喜欢上了你。我不知道白小姐让我们在一起有什么特别的原因[58]，她先是给了我新生活的希望[8]，又不停地[59]让你来伤我的心。但我不怪[55]她，也不怪[55]你。我就是关心[43]你，也想跟你在一起。冰冰，我爱你！"

冰冰走近我，看着我的脸[60]，一个字一个字地对我说："你喜欢我，是你的事情；但我对你，一点感情[52]也没有！你想想，一个小女孩，从小就生活在没有爱的地方，她会知道爱是什么吗？"

"那你跟万成有感情[52]吗？他真的是你的男朋友吗？"我气得声音也变大了。

---

58 原因 (yuányīn) *n.* cause, reason
59 不停地 (bùtíng de) *adv.* unceasingly, without stopping
60 脸 (liǎn) *n.* one's face

"我跟他有没有感情,他是不是我的男朋友,都跟你没关系。就算他是,那又怎么样?"冰冰的声音也变大了。

"冰冰,万成不是一个好人。你可以不跟我在一起,可你为什么一定要跟他在一起?谁都比他好!"

"你怎么还不明白?全世界的男人我都不喜欢,不管他们的条件有多好。我不需要找一个需要我爱他的男人。万成跟我一样,我们都不懂爱,也都不需要找一个懂爱的人。你还是把我忘了吧,不要再来找我了。"说完,冰冰就走了。

冰冰的话就像刀一样,每一句都让人受不了。难道她就不能对我好一点吗?我越想越难过,不知道该去哪儿或者找谁说。一个人在外滩

---

61 就算 (jiùsuàn) *conj.* even if  
62 不管 (bùguǎn) *conj.* no matter···  
63 条件 (tiáojiàn) *n.* condition; (living) conditions

走到很晚才开车回家。因为心情不好，开车没注意，差点撞到人。

*你认为他会越来越接受他以前的生活吗？*

# Four

*如果你是姐夫，你会不会走吗？*

## 不一样的我

刚离开村子的时候，我每两三天就会给姐夫打一个电话。姐夫跟思思在电话里经常说想来看我，不过我总是找一些原因不让他们来，因为我担心会被我的同学看见。后来因为学习忙起来了，而且朋友也多起来了，慢慢地，打电话变成了发短信。直到今天早上收到姐夫的一条短信时，我才意识到已经有一个星期没有给他们发短信了。姐夫的短信说：

---

64 短信 (duǎnxìn) *n.* text (message)

小毛，我明天想去你住的地方看你。我和你姐姐，还有思思每天都会说到你，我们都很想你，想知道你过得怎么样。希望你都好！

说实话，看到这条短信的时候，我有点不高兴。我不是怪姐夫要来看我，我有点怪他是因为他还没问过我，就决定来了，这让我感觉很突然。而且我好不容易才离开村子，变得跟他们不一样。可是一想到姐夫穿的衣服和他吃东西的样子，我就会想起以前的生活和吃饭的习惯。我也担心小何看到他会笑他。但是，我要是不让他来，一定会让他很伤心。

姐夫第二天到的时候已经是中午了，我一听到门口重重的走路声就知道是他。刚好那时

---

65 习惯 (xíguàn) *n.; v.* habit, custom; to be used to

候小何不在,很好,这样小何就不会见到姐夫了。

"小毛,好久不见,你一个人在上海还习惯吗?有没有想家?我和你姐姐,还有思思,都很想你。你还好吧?"姐夫见到我,高兴坏了,一直笑着看着我,不停地说。可是我希望他说话的声音可以小一点。

我笑了一下,说:"我挺好的,也很想你们。"姐夫穿着他最好的衣服,但是那件衣服有点小,看起来怪怪的。

"你现在真的是有钱人了!住着这么好的房子。窗子真大,还能看到外滩呢!"姐夫在我房间里一会儿看看这儿,一会儿看看那儿,跟我刚来这里的时候一样。看了一会儿,姐夫又说:"好不容易来看你一次,思思做了你最喜欢吃的饼,

---

66 饼 (bǐng) *n.* a cake or crepe (not always sweet)

我给你带来了。还有……"姐夫一边说一边打开他的大包,他还没说完,我就有点不高兴了:"不用了。这里什么都能买到,这些饼你们还是留着自己吃吧。"话说完了以后,我一直不敢看他,因为我知道这些话一定让他很难过。

过了一会儿,姐夫才说话:"看到你什么都好,我就放心了。我来也是想跟你说说你姐,她最近身体越来越差了。要是不忙的话,就多回去看看她吧。我走了!"

"这么快就要走吗?留下来吃个饭吧,你好不容易来一次。"姐夫一定是被我的话伤到了,我能感觉自己的声音都变小了。

"不用了,思思做的这些饼,如果不快点吃完会坏的。还有,你现在条件变好了,可我只是一个修理工。要是你的同学看到我们坐在一起吃饭,一定会笑你,这些你不说我也能感觉到。说实话,我还是喜欢住在村子里,好好做我的修理工。你什么也不用说,我全明白。我走了,你不用送了!"说完,他真的走了。

他刚才说话的时候,我一直不敢看他,就怕我哭的时候被他看见。

过了这次谈话后,你认为兆毛会多打电话回家和更加关心家人吗?

## Five

# 帮我的人出现了

姐夫走了以后，我其实难过了很长时间。他说得没错，我真的变了。如果有一天我没钱了，不能再待在上海了，我就得回去，那个时候，我还能习惯原来的生活吗？想到这些，我更难过了。但是我没有忘记自己那么想来上海的原因：只有来了上海，我才会有美好的前途，才能改变自己的生活，才有可能跟我喜欢的女孩在一起。

我还是希望冰冰会喜欢我，我现在能做的只有好好学习，去冰冰想去的大学——上海交通大学，可能上大学以后自然就有机会跟冰冰

---

67　自然 (zìrán) *adv.; adj.* naturally; natural

## Great Expectations: Part 2

在一起了。

其实我已经快半年没跟她说过话了。我当然还是能见到她，也想跟她说话，但是她每次都不看我。她还是经常跟万成在一起，但是我知道万成不是她的男朋友。高三的学习一直很紧张，因为要去上海交通大学不是一件容易的事。但是我没想到高中的最后半年会发生那么多事。

有一天，小何回他爸妈家住了，第二天才回来。

外面下着大雨，我一个人在家里，打开手机里的音乐，听着听着就睡着了。很晚的时候，我突然听到有人在房间里走路的声音，开始害怕起来，小何？不可能！他说过今晚不回来了，那会是谁？一定是小偷！家里只开了一个小灯，房间有点黑，但是我能感觉到他正在往旁边

68 音乐 (yīnyuè) *n.* music
69 害怕 (hàipà) *v.* to be afraid (of)
70 灯 (dēng) *n.* light, lamp
71 黑 (hēi) *adj.* dark

的一个房间里走。于是我在他不注意的时候,走
到他的身后,一下子把他按在地上。

他看起来应该有五十多岁,脸黑黑的,我按
住他,大叫起来:"你想干什么?这么老了还偷
东西?你再不走的话,我就要打110让警察来抓
你了!"我又气又怕,我的声音都有点不像我自
己的了。

"别!千万别打110!我不是小偷。我看房
门没关好,就自己进来了。我是来找吴小毛
的。"那个老人说。

我忘了自己是什么时候睡着的,可能睡前没
有把门关好。他能说出我的名字,看来他可能
不是小偷。我慢慢地放开了他,走到一个离门
口更近的地方:"我就是吴小毛,你是谁?这么
晚来找我干什么?"

---

72 偷 (tōu) *v.* to steal 　　74 放开 (fàngkāi) *vc.* to let go
73 警察 (jǐngchá) *n.* police officer, the police

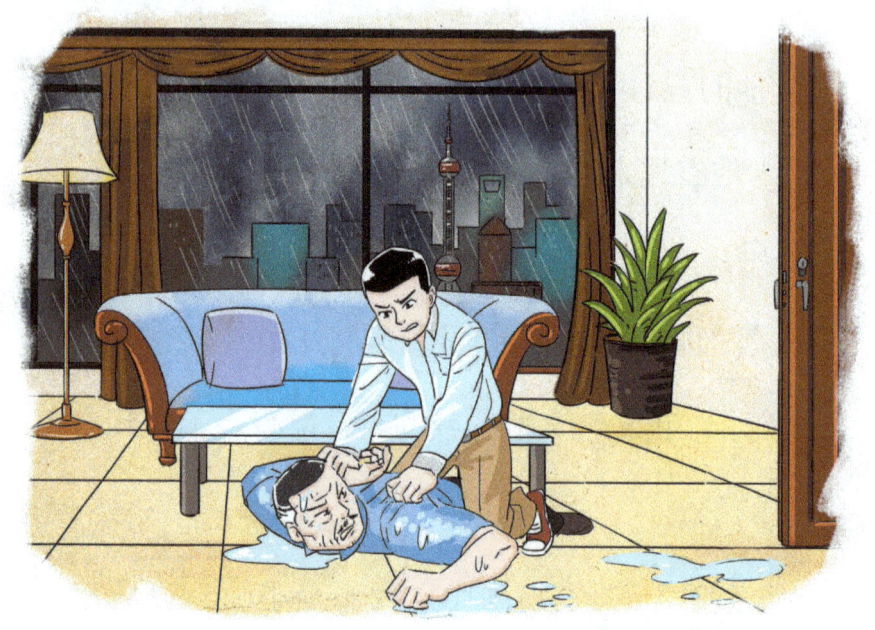

他看了看我,自己慢慢地站了起来,然后又很小心地往别的房间看了看,轻声问:"家里没有别人了吧?"

"就我一个人。你想干什么?"他这么问又让我害怕起来。

没想到他笑了一下,说:"放心,我不是坏人。你真的认不出我了吗?看来我变化挺大的，你再好好想想。"我又开了一个大灯，认真地看了看他的脸，一下子回想起来了什么：十年前，河边的那个犯人！我帮过的那个犯人！怎么会是他？不可能……我一下子紧张了起来。

停了一会儿，他走过来，认真地看着我，然后抓起我的手，说："孩子，你都长这么大了！我从没忘记过你，因为只有你真心帮过我！"

我放开了他的手，走到了旁边："过了那么多年，你还想着来找我，看来你是真心想感谢我，那你就告诉我你已经变了，变成一个好人了。"

他笑了一下，慢慢地说起来："我姓黑，别人都叫我'老黑'，你也这么叫吧。虽然我做过一些错事，可我心不黑，我知道要感谢帮过我

---

75 犯人 (fànrén) *n.* a convict　　76 感谢 (gǎnxiè) *v.* to be grateful (to)

的人。"停了一会儿,他又说:"你上次看到警察把我抓走后不久,我就跑了。我好不容易跑到了云南,在那里开始做生意,后来慢慢有了很多钱。"

"有一年中秋节,是不是你找人给我送过月饼和 200 块钱?"我突然想起了那件事。

他看着我,笑了笑,什么都没说。其实就算他不说,我也知道是他。

"原来真的是你!那个时候我家里没钱,这 200 块让我姐姐高兴了很长时间。现在我可以还给你了。我不想要你的钱。你快走吧!"我一边说,一边拿出 200 块钱给他。他说他已经变了,不再做坏事了。可是跟他说话的时候,我还是很紧张。我担心,就算给他钱,他也不走。

"你不想要我的钱?"他冷冷地笑了一声,

---

77 做生意 (zuò shēngyi) *vo.* to do business

"原因呢？因为你感觉我的这些钱都很脏吗？但是你有没有想过，你能有现在的生活，是谁在帮你？是不是一个叫金子文的律师？他是不是还跟你说，有一天那个帮你的人愿意把所有的钱都给你？"

"啊！你怎么知道……啊！你就是……"我一直以为帮我的人是白小姐，真不敢相信这个人原来是他——我帮过的那个犯人。

老黑又走近了一点，抓住我的手，说："孩子，就是我！那时候我就想，等我有钱了，我一定会把所有的钱都给你，让你过最好的生活。看看现在的你，穿着最好的衣服，用最贵的手机，家里还有这么多英文书。孩子，你现在会说外语了！太好了！以后我所有的钱都是你的了，小毛，你就是我所有的希望！"

---

78 脏 (zāng) *adj.* dirty

听完他的话，我的心里有种说不出来的感觉，早知道是这样，我一定不会跟金律师走的。可是我为了这些钱离开了姐夫、姐姐和思思，现在要是没了钱，以后怎么办？冰冰也会对我很失望吧，我还想跟她结婚呢……对了，这件事千万不能被警察发现，警察会把我也抓起来的！

就在这时候，老黑说："我累死了！让我睡一会儿吧。"我知道他在外面一定不安全，再说，他也帮过我。我想了想，决定让他先睡在小何的房间里，等到了明天再想办法。

老黑睡着了以后，我一直在想怎么才能不让警察发现他。我想了很久，决定给小何发短信：

> 你可以早点回来吗？我有很重要的事情要跟你说。

---

79 安全 (ānquán) *adj.; n.* safe; safety

# 老黑的故事

"什么?家里有个犯人?"小何看起来不敢相信的样子,差点叫出来。为了不让老黑听到,我在小何进家门以前就把事情都跟他说了。

"小声点,千万不能让别人听见!"我轻声说,"我小时候帮过他。那个一直帮我的人不是白小姐,是他!而且这件事其实金律师一直都知道。"

"啊!原来是这样!"小何停了一会儿,然后说:"你放心,我们是哥们儿,我一定不会告诉别人的。"

我们进家门的时候,老黑刚起床,他一边吃

---

80 哥们儿 (gēmenr) *n.* dude, brothers, bro

面包，一边听音乐。他一看到小何就说："你是小何吧？金律师告诉我小毛跟你住在一起。"真不敢相信他什么都知道。

"你现在这样千万不能再一个人出去了，会很不安全，要是被警察抓到怎么办？"我真的很担心他，也担心我自己。如果警察知道了所有的事，那他们会把我也抓走的。我越想越害怕。

"我先说说在认识你以前，警察为什么抓我吧。"老黑开始跟我们说他的故事。"警察第一次抓我，只是因为我偷了别人家的饼。我很小的时候就失去了父母，一直跟着叔叔阿姨生活，他们对我很不好，而且一点也不关心我。那次我已经两天没吃饭了，饿得真的受不了了，我才想到去偷饼的。偷饼不是什么大罪，

---

81　失去 (shīqù) *v.* to lose　　　82　罪 (zuì) *n.* crime, sin

可是警察认为我犯了大罪。"

老黑喝了一口水,又说:"二十年前我认识了一个男人,人们都叫他'龙哥',是个心很黑的人。那个人你见过,就是你给我送工具的时候,在路上看到的男人。龙哥坏得很,他知道我没钱,就给了我十块钱,让我买点吃的。第二天他告诉我,有一个朋友在做一些很重要的事情,让我去帮忙。后来我才知道,他们做的事比我偷饼的事严重多了！龙哥和他的朋友一起害了一个女人。那个女人很爱龙哥，也很有钱，她本来以为会跟龙哥结婚。结果结婚那天，龙哥和他的朋友就带着那个女人的钱走了。早知道龙哥是这样的人，我就不会变成现在这个样子。但是我真的太笨了！有一天晚上，龙哥的朋友突然跑到他家，大叫，'我每天晚上睡着以后都会看到那个女人，我看到她的头发全白了，穿着白色的婚纱哭着叫我的名字，她说她要杀了我！怎么办？怎么办？'可是龙哥一点都不关心这个朋友，也不想管这件事。结果不久以后，他就死了。他死了以后，龙哥说，'太好了！少了一个只吃饭不做事的人。'我说这些，就是想让你们知道，龙哥的心太黑了！"

84 严重 (yánzhòng) *adj.* serious, grave
85 害 (hài) *v.* to harm
86 本来 (běnlái) *adv.* originally

87 结果 (jiéguǒ) *n.; conj.* result; as a result, in the end

说到这里，老黑突然停了下来。我和小何看着他，有点不敢相信他说的话。过了一会儿，他又开始说："再后来，警察把我们都抓了起来。可是龙哥跟警察说，所有的坏事都是我让他做的，结果警察要关我20年，只关龙哥10年！几年后，我抓住了一个机会跑了出来，就是你帮我那次，还记得吗？我就是听了你的话才知道龙哥也跑出来了的。所以我一定要抓到他，把他打死！"

"但是后来，警察不是又把你们抓住了吗？"

"没错！不过，不久以后，我又跑了出来。我偷偷去了云南，在那里做生意，有了很多钱。一直到现在，警察还在找我。"老黑说完还轻声笑了笑。

"那龙哥还活着吗？"小何问。

"应该还活着。他一定很希望我早点死，因

为他怕我再去找他，把他杀了！"老黑看起来很累的样子。

这时候，小何把我一个人带到他的房间，小声对我说："我听我爸说，那个本来要跟白小姐结婚的人就叫'龙哥'。龙哥的朋友应该就是白小姐的弟弟。你现在都明白了吧？"

"原来是这样！原来龙哥才是最坏的人。我觉得我们应该帮老黑，你说我们应该怎么办？"我突然有点同情老黑了。

"这里太不安全了，我们要想办法把他送到国外去。对了，他不是在云南待过很多年吗？我们可以开车把他送到云南，他在那边应该有很多朋友，可以帮他去越南。"小何也挺同情老黑的。

我觉得小何的主意不错，可是因为时间真

---

88 同情 (tóngqíng) *v.* to sympathize with

的太紧张了，我们等不到周末就要开车把老黑送到云南去。这其实不是一件容易的事情，学校里还有课，如果我们两天不去上课，该怎么跟老师说。就在我们为这件事情担心的时候，姐夫打来了电话，我听到他在电话里哭，感觉家里发生了很严重的事情。

"怎么了？姐夫！"

"小毛，你快回来，你姐姐……你姐姐死了！"

# 村子里的变化

因为高三学习太忙，也因为老黑的事，我已经很久没回家了。上次带冰冰去白小姐家看她的时候，我也没回来。这次回来，没想到是因为姐姐死了。我以前那么怕她，一直希望早点离开家，这样就不会再被她打了，可是现在回到家的时候，我想到的全是姐姐和姐夫对我的好。

"你姐姐其实不坏，只有你和我最明白……"姐夫还没说完，又哭了起来。我看着姐姐的照片，想说点什么又说不出来。

思思也走了过来，看着姐姐的照片，哭着对

---

89 照片 (zhàopiàn) *n.* photograph

我说:"你姐姐死的时候,一直在叫你的名字。"

"今天晚上我能睡在家里吗?"我轻轻地问姐夫。

"这还用问吗?你的东西都还在,没人动过,跟以前一样。只是没有你外滩那边房子的条件好。"

晚饭后,我和思思去河边走了一会儿。

"思思，谢谢你这几年帮我姐夫，还这么关心我姐姐。"

"你姐夫是个好人，我应该帮他。"

"姐姐的身体早就开始变差了吧？你怎么不发短信，也不给家里打电话呢？"

"我想过，可是你姐夫说'现在的小毛跟以前不一样了，我们不应该总让他想起这个村子和村子里的人'。"

"怎么会？我不会忘了……"我有点说不下去了。

"可你就是忘了。"思思没有让我把话说完，"我知道你去过白小姐家，白小姐家离这儿又不远，你为什么不能多花半个小时回来看看呢？你忘了我没关系，可是你不能把你姐夫忘了。他那么关心你！"说着说着，思思就哭了。

我不知道我还能说什么，思思的话让我意识

到，我真的不是以前的那个"吴小毛"了，我完全忘了这个村子和村子里最爱我的人。我用一个犯人的钱过着美好的生活，把他留在我家，还想把他送到更安全的地方去。我在做什么？怎么会变成现在这样？我不停地问自己，可是越想越不明白。

一个星期以后，我要回学校了。离开姐夫家以后，我去了白小姐的家。我感觉她的房间好像比以前更黑了。没有冰冰，她的生活更难了，她身上的婚纱已经看不出来是婚纱了，但是她看起来比以前友好多了。

"小毛，你回来了。冰冰没跟你一起回来吗？"我没说话，她停了一下，又问："你是不是觉得我是个坏女人？我先是让你爱上冰冰，又让冰冰伤你的心……"

"别这样说，我不怪你。"

"这些年我都做了什么?"白小姐说着说着就哭了起来,她的声音那么轻,好像对她来说,能说话已经很不容易了。"我不应该那样对冰冰,也不应该让你受到伤害。"可能一个人知道自己老了的时候,会想到以前做过的很多不好的事情,自然就会难过。

"你能告诉我冰冰的妈妈是谁吗?"我问她。

我的问题让白小姐感到很意外，哭声也停了。她看了我很长时间，好像在想什么。

"我知道冰冰不是你的女儿。可是冰冰知道吗？冰冰的妈妈是谁？她知道吗？"我有点好奇。

"她来我家的时候才3岁，她妈妈杀过人，她爸爸可能还在警察那里。"白小姐说得很慢，"你千万不要告诉冰冰，她会受不了的。她问过我，但是我从来都没跟她说过，这也是她对我这么不好的原因。"

停了一会儿，白小姐又哭了起来，哭声特别轻："我以前爱过一个男人，他伤害了我，所以我觉得男人都不能相信。冰冰来我家的时候，我就想，冰冰这么漂亮，我可以教她去伤男人的心，我要让所有的男人都跟我一样

---

90 意外 (yìwài) *adj.* unexpected

受伤。可是现在我才意识到，就算她伤了全世界男人的心，也不会让我快乐起来。小毛，我是不是犯了一个大错？"她看起来很累的样子，我突然开始有点同情她了。

我想对她说些什么，可又不知道说什么好。我为白小姐感到难过，但是我更同情冰冰。难道她做错过什么吗？冰冰本来应该是一个很快乐的女孩，白小姐为什么要这样害她？

回去的路上，我一直在想冰冰的事。快到家的时候，我给小何打了一个电话，电话里他让我先去金律师的办公室见他。

差不多半小时以后，我到了金律师的办公室，金律师坐在桌子前，好像在看一些东西。他看见我进来，对我笑了一下。小何说："我发现有个男人这两天总是在离我们家不远的地方走

---

91 受伤 (shòushāng) *vo.* to be injured　　92 快乐 (kuàilè) *adj.* happy

来走去。我感觉老黑再待下去会很不安全，就偷偷地把他送到别的地方去了。我知道你姐姐的事让你很难过，所以今天才告诉你。我现在住在我爸妈家，这几天你最好去找一个住校的同学，在学校待几天。"

"那个男人是谁？"我问。

"应该就是龙哥。"金律师说，"你们不知道龙哥的心有多黑，他害过那么多人，你们一定要小心！"

从金律师的办公室出来以后，小何说："今天在金律师的办公室，我又知道了一些老黑的事。很多年以前，老黑有老婆，还有一个3岁的女儿。但是后来，他在外面有了别的女人，他老婆就把那个女人杀了。不久，因为龙哥的事情，警察把老黑抓了起来。五年以后，老黑跑了出来，

---

93　偷偷地 (tōutōu de) *adv.* stealthily, secretly

94　老婆 (lǎopo) *n.* wife

可是他老婆和他 8 岁的女儿都不见了。从那以后，老黑就一直在找他的女儿。"

"她女儿现在多大了？"

"跟我们差不多大。"

## Eight

# 意外的短信

如果老黑被龙哥找到了,事情可能会变得很严重。所以我和小何打算第二天晚上就开车把老黑送到云南去。但是,第二天下午我突然收到了一条短信:

我知道那个犯人的事情,如果你不想让别人知道,今天晚上10点到九龙路238号来。不要让别人知道,你只能一个人来。

难道是龙哥?我心想。我发短信问他:

你是谁?

可是那个人没有回我的短信。我又打了那个手机,发现他已经关机了。我不想让这件事被

更多的人知道，决定马上去那个地方看看。

那是一个河边的老房子，看起来好像没有人住。那个房子离旁边的房子也有点远。我有点害怕了，想给小何打电话的时候才发现没带手机！我想了一会儿，还是走进了那个小房子。我刚进门，一个人就从后面把我按在了地上。

"我们又见面了！"是一个男人的声音，一边说还一边笑。我一听这声音就知道他是谁，不是龙哥，是胖子！房间里只有一点点光，我看

95 光 (guāng) *n.* light

到胖子右手拿着一把刀，左手拿着酒。"没想到是我吧？"

"放开我！你为什么要这样对我？"我又气又怕。

"为什么？"胖子喝了一口酒："因为你害了我！都是因为你，我失去了白小姐家的工作。还有，如果不是你，思思一定会喜欢我的。现在我就要你死！不过，明天才会有人发现河里有一个死人。"

我怕得要死！我没把这件事告诉小何，也没带手机。就算胖子真的把我杀了，也没有人会知道。

"还有一件事，"胖子按得更紧了，"告诉你吧，你姐姐的事，是我干的。她早就该死了！"说完，他又喝了一口酒。

"什么？你这个死胖子，把我放开！我要杀

了你！"我气得要死，想站起来打他。可是胖子一下子又把我打在地上，然后坐在我身上，把刀放在我脸上，说："我还知道你家里有个犯人，我在你家外面看了好几天了。'龙哥'这个名字，你听说过吧？我跟他现在是朋友！那个犯人很快就会被我们杀死，不久我就会送他去另一个世界见你！"

他慢慢地喝完最后一口酒，手上的刀还在我脸上，感觉像冰一样。我感觉自己就要死了。

可是就在这时候，胖子大叫了一声，然后一下子倒在了我身上。这时候，灯亮了，出现在我面前的是小何。

"你没事吧？快起来！"他听起来也很紧张，右手拿着一块石头。

"你怎么知道我在这里的？"

---

96 倒 (dǎo) *v.* to fall down, to fall over   97 出现 (chūxiàn) *v.* to appear, to emerge

"我回家的时候看见桌子上放着你的手机,那时候刚好有人给你打电话,我就把你的手机拿起来看,于是发现了那条短信!"

"好哥们儿,如果不是你,我现在可能已经死了!"

"别说这么多了,我们快回去吧,我觉得老黑现在很不安全,我们得快点把他送走。"

我看了一下身边的胖子,灯光照在他的脸上。他的头上出了一点血,他倒下去的时候,头撞到了地。

"他应该没什么大问题,小毛,我们没时间了,快走吧!"听小何这么说,我也就不那么担心了。因为要去找老黑,于是我们很快就离开了。

---

98 照 (zhào) *v.* to shine (on)   99 血 (xuè) *n.* blood

## Nine

# 老黑和龙哥

我先给老黑发了个短信：

龙哥已经发现你了，你现在很不安全。一会儿我跟小何在金律师办公室的楼下等你，你快点把车开过来。我们今晚就送你离开上海。快！

我跟小何在金律师办公室等了四十分钟，老黑都没有出现。我有点害怕，觉得有什么不好的事情要发生。我们决定去别的地方找老黑。在离金律师办公室不远的一条路上，发生了一个交通事故，一辆车撞到了另外一辆车。

100 交通事故 (jiāotōng shìgù) *n. phrase*
traffic accident

警察好像刚到,这个交通事故发生的时候,有路人刚好看见,警察正在问他们问题。

我走近看了一下,前面车里坐着的人是老黑!

警察不让我们走得太近,我只看到老黑坐在里面,像睡着了一样,脸上都是血。

"发生了什么事?"我问旁边的一个警察。

"交通事故!后面那辆车撞到了前面这辆,后面那辆车的司机已经被撞死了,前面那辆车里的司机被撞得也挺严重的，不过应该还活着。"警察说。

后来我才知道，后面那辆车里的人是龙哥。胖子来找我的时候，龙哥已经在楼下等老黑了。老黑开车出来的时候，龙哥开车跟在后面，不过老黑后来发现了跟着他的人是龙哥。为了我和小何的安全，老黑一定得想办法让龙哥死。龙哥以为老黑会一直往前开，所以老黑知道，只要他突然把车停下来，龙哥的车就会撞到他的车。结果，龙哥真的被撞死了。

交通事故以后，老黑就住院了，他的伤挺严重的。我每周都会去看他一次。已经一两个月了，他的身体好像越来越差了。我知道冰冰就是老黑的女儿，但是我不知道应不应该告诉他。他已经不能再说话了，我在的时候，他只是抓

---

101 住院 (zhùyuàn) *vo.* to stay in the hospital, to be hospitalized

着我的手。我最后一次去看他的时候,他在看窗外的天。

"老黑,我来了。"

他好像没听到,我走过去抓起他的手。以前我总觉得他是个犯人,他的手很脏,这时候我突然觉得有点对不起他。

"老黑,你想你女儿吗?"我知道老黑的时间不多了,决定把冰冰的事都告诉他。

老黑的手动了一下。

"老黑,你女儿还活着!她叫冰冰,特别漂亮,你看……"我一边说,一边拿出手机给他看冰冰的照片。

老黑看到冰冰的照片,眼睛好像一下子亮了起来,我又把照片拿得离他更近了一点。

"你女儿是在白小姐家长大的,我们很小的时候就认识了,而且……而且我喜欢她!"我有

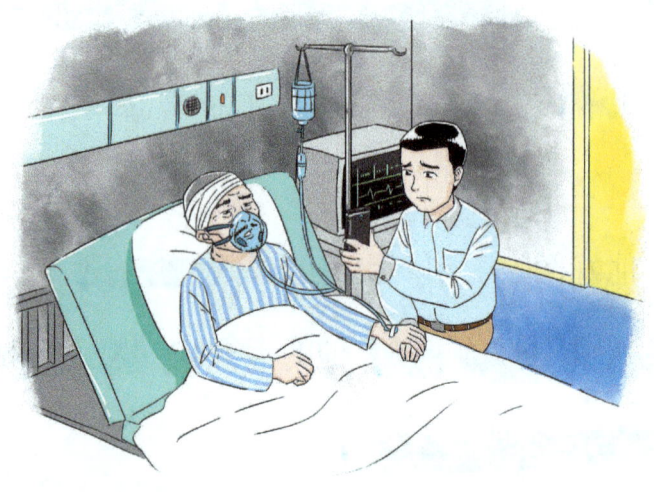

点不好意思地说。

听了我的话,老黑对我笑了一下,他笑得那么轻,好像快没有力气了。就在这时候,我感觉他的手放开了我的手,阳光从窗子照进来,照在他的脸上。

我知道,老黑一定去了另一个世界。虽然他很不想跟他的女儿分开,但是在那个世界,没有警察,也没有犯人。

"睡吧!你再也不用害怕什么了。"

102 分开 (fēnkāi) *v.* to part

## Ten

# 思思结婚了

老黑死后,我难过了很长时间。高中上完了以后,没有老黑的钱,我就失去了上大学的希望,以后也不可能有机会跟冰冰在一起了。"美好的前途"跟我再也没什么关系了。这些事我都没跟姐夫说过,因为我一直没回过家,而且我的手机也停机了,用不了。我经常想家,想姐姐、姐夫和思思,也经常想起老黑。

发生这么多的事情以后,我越来越明白,对一个人来说,家人和朋友是最重要的。金律师给的钱、外滩旁边漂亮的房子,还有车和信用卡,这些都不是我想要的。还有冰冰,我为这个女孩改变了那么多，可她从来都没喜欢过我。家人一定不会这样，就算你不做什么，他们还是会一直关心你，爱你……

现在我已经意识到了，我就是从村子里出来的小毛，不是有钱人家的孩子，我的生活应该跟姐夫一样，再说，留在村子里做一个修理工好像也没什么不好。冰冰，我还是早点把她忘了吧，可能思思这样的女孩才会让我快乐。我决定去找工作，有了钱以后回去找思思，问她愿意不愿意跟我结婚。

找工作的事情，小何帮了我很大的忙。我工作后不久，小何就跟他的女朋友去上大学了，冰冰也去了。我还听说，万成真的变成了她的男朋友；再后来，白小姐死了。

一年很快就过去了，这一年里，我一直在想，姐夫是不是还在生我的气，我没去上大学，他

跟思思会不会对我很失望。因为有这些担心,我一直没回去过。我想现在也该回家看看了,主要是因为我还想去找思思,问她想不想跟我结婚。

回到家的时候,我发现家里有点不一样。我以为开门的是姐夫,没想到出现在我面前的是思思。她开门看到我的时候也很意外:"小毛!小毛,你回来了!太好了!我明天就要跟老周结婚了!"她开心地叫起来。

"什么?"这件事太突然了,我一下子不知道该说些什么。不过,我又想,思思那么好的女孩,跟姐夫在一起一定会快乐的。

"小毛,你怎么现在才回来!也不给家里打电话?"姐夫听到思思跟我说话的声音,也从房间里走了出来。"我跟思思的事,希望你不要怪我,我还是你的姐夫,我也不会忘记你姐姐的……"姐夫看着我,有点说不下去了。

"我怎么会怪你呢?"不知道姐夫怎么会这样想我,"姐夫,思思是个好女孩,你现在有一个这么好的老婆,我真心为你们感到高兴!思思,相信我,姐夫一定不会让你失望的。你们的生活会越来越好的。"

姐夫和思思结婚以后,我离开了村子,离开了上海。我的生活需要有一个新的开始。这是我第二次跟家人分开,但是这一次,我意识到

了我最想要的是什么，这给了我新的希望！

我去了越南，在那里做生意，生意一直不错。两年以后，小何和他女朋友上完了大学，也来了越南，结了婚以后跟我一起做生意。我们的生意越做越大，因为出差，我去了不少国家。以前的事我也都慢慢放下了，我又快乐起来了。

我不再是以前那个只会花别人钱的吴小毛

了，虽然我失去过很多，但是现在我有能力去得到我想要的。我喜欢现在的生活，它让我懂得：只要好好工作，我就能有不错的生活。美好前途的大门，需要自己去打开。

# Eleven

# 十年之后

时间过得很快,我再一次回到村子已经是十年以后了!

这十年的变化真的特别大!村子里很多人家都住进了新房子,买了自己的车。原来的修理店也被拆了,新的修理店比原来的大多了,也好看多了。姐夫和思思也都有点老了,他们的儿子已经上学了。

姐夫和思思看到我现在的样子,也很为我高兴。这是我第一次见到他们的儿子,孩子的小名叫"毛毛"。姐夫说,因为他们经常想我,很自然就给孩子起了这个名字。

---

103 拆 (chāi) *v.* to tear down, to disassemble

"小毛,你也大了,应该想想结婚的事了。怎么不在越南找个老婆呢?"思思笑着问我。

"发生了那么多事……"我说。

思思停了一会儿,又轻轻地问:"是不是还想着冰冰啊?"我没说话。她又说:"听说冰冰的老公对她很不好,他们两年前离婚了。对

104 离婚 (líhūn) *vo.* to get divorced

了，我前天在村子里看到过她，她说白小姐的老房子快拆了，她最近回来办一些事情。"

十年过去了，"冰冰"这个名字我一直都没忘。这十年，我没有跟别人说起过冰冰，但是她就像一个离我最远的家人一样，一直在我的心里。思思突然说起她，我有点意外。白小姐的房子要拆了，很多重要的东西可能再也回不来了吧。

我一个人来到了白小姐家的门口。房子外面写着很大的"拆"字，旁边有很多石头，草也长高了。看来，白小姐死了以后，这里一直没有人住。

天快黑了，我还待在那儿，回想一些过去的事情。突然，我看到大门口有一个女人，于是我走近了一些。

"冰冰？"我轻轻地叫了一声。

"小毛?"冰冰的声音听起来很意外。"你回来了?你还能认出我啊?我变了那么多……你也有变化。"说到这儿,冰冰停下来,只是看着我。是的,冰冰老了一些,没有以前那么漂亮了,声音也变了,不像以前那么冷了。

"这么多年过去了,我们还能在这里见面,这可是我们第一次见面的地方!真好!也许,这就是生活。"我笑着说,虽然十年没见,不过说话的感觉比以前自然多了。

"小毛，你过得好吗？"

"还不错。我在越南做生意，过得挺好的。你怎么样？还好吗？"

冰冰不好意思地笑了一下："我和万成上完大学后不久就结婚了。两年前又离婚了。这么多年，我想明白了很多事。以前我做了太多伤害你的事，太对不起你了。其实我一直想跟你说一声'对不起'。"

"你能这样想，我已经很开心了。我从来都没有忘记过你，而且你家人帮了我这么多，我应该谢谢你。"我突然想起了死去的老黑。

"你是不是特别感谢白小姐？"冰冰问我。我点了点头，老黑的事我一直没告诉她，对她来说，还是不知道更好吧。

"好久不见了，一起吃个饭吧，我请你。"

"你好不容易从那么远的地方回来一次,还是我请你吧。"冰冰笑着说,笑得那么自然。她真的变了。

冰冰跟我一起离开了白小姐的房子。这时候,月亮也从云里出来了,白色的月光照在我们身上,我想我们再也不会分开了……

105 月亮 (yuèliang) *n.* the moon   106 月光 (yuèguāng) *n.* moonlight

# Key Words 关键词 (Guānjiàncí)

1. 旁边 pángbiān  *n.*  next to
2. 美好 měihǎo  *adj.*  wonderful, glorious
3. 前途 qiántú  *n.*  prospects, future, "expectations"
4. 律师 lǜshī  *n.*  lawyer
5. 办公室 bàngōngshì  *n.*  office
6. 小偷 xiǎotōu  *n.*  thief
7. 注意 zhùyì  *v.*  to notice
8. 希望 xīwàng  *v.; n.*  to hope; hope
9. 辆 liàng  *mw.*  [measure word for cars]
10. 司机 sījī  *n.*  driver
11. 戴 dài  *v.*  to wear (glasses, jewelry, accessories)
12. 面前 miànqián  *n.*  in front of one's face
13. 赢 yíng  *v.*  to win
14. 认出 rènchū  *vc.*  to recognize (someone)
15. 无聊 wúliáo  *adj.*  bored, boring, lame
16. 好不容易 hǎobùróngyì  *adv.*  with great difficulty
17. 其实 qíshí  *adv.*  actually
18. 伤害 shānghài  *v.; n.*  to hurt; harm
19. 阳光 yángguāng  *n.*  sunlight
20. 叔叔 shūshu  *n.*  uncle
21. 结婚 jiéhūn  *vo.*  to get married
22. 好奇 hàoqí  *adj.*  curious
23. 世界 shìjiè  *n.*  world
24. 敢 gǎn  *v.*  to dare (to)
25. 阿姨 āyí  *n.*  aunt
26. 突然 tūrán  *adv.; adj.*  suddenly; sudden

27. 意识到 yìshi dào *vc.* to realize
28. 主意 zhǔyi *n.* idea
29. 原来 yuánlái *adv.; adj.* it turns out that...; original
30. 担心 dānxīn *v.* to worry
31. 被 bèi *part.* [passive particle]
32. 愿意 yuànyi *v.* to be willing
33. KTV K-T-V *n.* karaoke
34. 于是 yúshì *phrase* as a result⋯, and then⋯
35. 信用卡 xìnyòngkǎ *n.* credit card
36. 差点 chàdiǎn *adv.* almost
37. 撞 zhuàng *v.* to crash into
38. 高一 gāo-yī *phrase* first year of high school (高中一年级)
39. 完全 wánquán *adv.* completely
40. 难道 nándào *conj.* "Could it be that⋯?" [rhetorical question marker]
41. 真心 zhēnxīn *adj.* sincere, heart-felt
42. 感到 gǎndào *vc.* to feel
43. 关心 guānxīn *v.* to be concerned (with)
44. 心情 xīnqíng *n.* mood
45. 打算 dǎsuan *v.; n.* to plan to; plans
46. 高三 gāo-sān *phrase* third year of high school (高中三年级)
47. 紧张 jǐnzhāng *adj.* nervous
48. 机会 jīhuì *n.* opportunity
49. 抓 zhuā *v.* to grab, to try to catch
50. 千万 qiānwàn *adv.* absolutely (not)
51. 留 liú *v.* to leave behind, to stay behind
52. 感情 gǎnqíng *n.* emotion, sentiment
53. 待 dāi *v.* to stay
54. 失望 shīwàng *v.* to be disappointed
55. 怪 guài *v.* to blame
56. 受不了 shòubuliǎo *vc.* to be unable to stand (something)
57. 按 àn *v.* to press, to hold (down)
58. 原因 yuányīn *n.* cause, reason
59. 不停地 bùtíng de *adv.* unceasingly, without stopping
60. 脸 liǎn *n.* one's face
61. 就算 jiùsuàn *conj.* even if

62. 不管 bùguǎn *conj.* no matter…
63. 条件 tiáojiàn *n.* condition; (living) conditions
64. 短信 duǎnxìn *n.* text (message)
65. 习惯 xíguàn *n.; v.* habit, custom; to be used to
66. 饼 bǐng *n.* a cake or crepe (not always sweet)
67. 自然 zìrán *adv.; adj.* naturally; natural
68. 音乐 yīnyuè *n.* music
69. 害怕 hàipà *v.* to be afraid (of)
70. 灯 dēng *n.* light, lamp
71. 黑 hēi *adj.* dark
72. 偷 tōu *v.* to steal
73. 警察 jǐngchá *n.* police officer, the police
74. 放开 fàngkāi *vc.* to let go
75. 犯人 fànrén *n.* a convict
76. 感谢 gǎnxiè *v.* to be grateful (to)
77. 做生意 zuò shēngyi *vo.* to do business
78. 脏 zāng *adj.* dirty
79. 安全 ānquán *adj.; n.* safe; safety
80. 哥们儿 gēmenr *n.* dude, brothers, bro
81. 失去 shīqù *v.* to lose
82. 罪 zuì *n.* crime, sin
83. 犯 fàn *v.* to commit (a crime, a mistake)
84. 严重 yánzhòng *adj.* serious, grave
85. 害 hài *v.* to harm
86. 本来 běnlái *adv.* originally
87. 结果 jiéguǒ *n.; conj.* result; as a result, in the end
88. 同情 tóngqíng *v.* to sympathize with
89. 照片 zhàopiàn *n.* photograph
90. 意外 yìwài *adj.* unexpected
91. 受伤 shòushāng *vo.* to be injured
92. 快乐 kuàilè *adj.* happy
93. 偷偷地 tōutōu de *adv.* stealthily, secretly
94. 老婆 lǎopo *n.* wife
95. 光 guāng *n.* light
96. 倒 dǎo *v.* to fall down, to fall over
97. 出现 chūxiàn *v.* to appear, to emerge

98. 照 zhào  *v.*  to shine (on)
99. 血 xuè  *n.*  blood
100. 交通事故 jiāotōng shìgù  *n. phrase*  traffic accident
101. 住院 zhùyuàn  *vo.*  to stay in the hospital, to be hospitalized
102. 分开 fēnkāi  *v.*  to part
103. 拆 chāi  *v.*  to tear down, to disassemble
104. 离婚 líhūn  *vo.*  to get divorced
105. 月亮 yuèliang  *n.*  the moon
106. 月光 yuèguāng  *n.*  moonlight

## Part of Speech Key

| | | | |
|---|---|---|---|
| *adj.* | Adjective | *prep.* | Preposition |
| *adv.* | Adverb | *pr.* | Pronoun |
| *aux.* | Auxiliary Verb | *pn.* | Proper noun |
| *conj.* | Conjunction | *tn.* | Time Noun |
| *cov.* | Coverb | *v.* | Verb |
| *mw.* | Measure word | *vc.* | Verb plus complement |
| *n.* | Noun | *vo.* | Verb plus object |
| *on.* | Onomatopoeia | | |
| *part.* | Particle | | |

# Grammar Points

For learners new to reading Chinese, an understanding of grammar points can be extremely helpful for learners and teachers. The following is a list of the most challenging grammar points used in this graded reader.

These grammar points correspond to the Common European Framework of Reference for Languages (CEFR) level A2 or above. The full list with explanations and examples of each grammar point can be found on the Chinese Grammar Wiki, the definitive source of information on Chinese grammar online.

| ENGLISH | CHINESE |
|---|---|
| **CHAPTER 1** | |
| Complements with "dao", "gei" and "zai" | Verb + 到 / 给 / 在…… |
| Aspect particle "zhe" | Verb + 着 |
| Again in the future with "zai" | 再 + Verb |
| As long as with "zhiyao" | 只要……，就…… |
| Direction complement | Verb (+ Direction) + 来 / 去 |
| Expressing earliness with "jiu" | 就 |
| Using "dui" | 对 + Noun…… |
| It seems with "haoxiang" | 好像…… |
| Not at all | 一点 (儿) 也不…… |
| Topic-comment sentences | Topic，Comment |
| Ba sentence | 把 + Noun + Verb…… |

# Great Expectations: Part 2

| | |
|---|---|
| Reduplication of Adj.s | Adj. + Adj. |
| Turning Adj.s into adverbs | Adj. + 地 + Verb |
| Resultative complement "chu(lai)" | Verb + 出 (来) |
| Doing something more with "duo" | 多 + Verb |
| Causative verbs | Noun 1 + 让/叫/请 + Noun 2…… |
| In addition as "lingwai" | 另外 |
| Expressing "every" with "mei" and "dou" | 每……都…… |
| Further uses of resultative complement "qilai" | Verb + 起来 |
| Adding emphasis with "jiushi" | 就是 |
| Appearance with "kanqilai" | 看起来…… |
| Events in quick succession with "yi… jiu" | 一……, 就…… |
| Quite with "ting" | 挺 + ……+ 的 |
| Comparing "haishi" and "huozhe" | 还是 vs 或者 |
| The "if" sandwich pattern | 如果……（的话），…… |
| Emphasizing with "cai" | 才 |
| Emphasizing negation with "you" | 又 + Negative Words |
| Expressing purpose with "weile" | 为了 + Purpose + Verb |
| Adjectival complement "de hen" | Adj. + 得很 |
| Sequencing past events with "houlai" | ……, 后来…… |
| Expressing "as one likes" with "jiu" | 想 + Verb + 就 + Verb |
| Comparing "turan" and "huran" | 突然 vs 忽然 |
| A softer "but" | ……, 不过…… |
| Assessing situations with "kanlai" | （在 + somebody +）看来, …… |

## CHAPTER 2

| | |
|---|---|
| Again in the past with "you" | 又 + Verb |
| All along with "yuanlai" | 原来…… |

| | |
|---|---|
| Adj. with "name" and "zheme" | 那么 / 这么 + Adj. |
| If…then…with "yaoshi" | 要是……, 就…… |
| Bei sentence | 被 + Verb + …… |
| Shi… de construction | 是……的 |
| Tricky uses of "dao" | Verb + 到 |
| Referring to "all" using "suoyou" | 所有……都…… |
| Although with "suiran" and "danshi" | 虽然……但是…… |
| Only if with "zhiyou" | 只有……, 才…… |
| Using "not enough" with verbs | 不够 + Verb |
| Using objects with complements | (Verb+) Obj. + Verb + 得 + Complement |
| Expressing "almost" using "chadian" | Subj. + 差点 (儿) + Verb + 了 |
| Never again with "zai ye bu" | 再也不 + Verb + 了 |
| Clarifying relationships with "guanxi" | 跟/和……（没）有关系 |
| Expressing "not only…but also" | 不但……, 而且…… |
| Emphasis with "jiu" | 就 (是) + Verb |
| Rhetorical questions with "nandao" | 难道……？ |
| In addition with "zaishuo" | 再说, …… |
| Expressing "more and more" with "yue…yue…" | 越……越…… |
| For with "wei" | 为 + Noun…… |
| Must modal "dei" | 得 + Verb |
| Comparing specifically with "xiang" | Noun1 + 像 + Noun2 + (那么……) |

## CHAPTER 3

| | |
|---|---|
| Indicating the whole with "quan" | 全 + Noun |
| For with "gei" | Subj. + 给 + Person + Verb + Obj. |
| Expressing "to make certain" with "qianwan" | 千万 + Verb / Verb Phrase |
| Mistakenly think that | 以为…… |

| | |
|---|---|
| Expressing "all" with "shenme dou" | 什么都/也…… |
| Potential complement "bu liao" | Verb + 不了 |
| Expressing "not even one" | 一 + Measure Word + (Noun) + 也/都 + Verb |
| Using "xiang" | 向 + Noun…… |
| Expressing "in addition" with "haiyou" | Clause 1, 还有 + (, ) + Clause 2 |
| Resultative complement "zhu" | Verb + 住 |
| Sequencing with "xian" and "zai" | 先……, 再…… |
| Comparing "buduan" and "buting" | 不断 vs 不停 |
| Expressing "even if…" with "jiusuan" | 就算……, 也…… |
| Expressing "everyone" with "shei" | 谁都/也…… |
| No matter with "buguan" | 不管……, 都/也…… |
| Had better with "haishi" | 还是 + Verb + 吧 |
| Expressing lateness with "cai" | 才 + Verb Phrase |

## CHAPTER 4

| | |
|---|---|
| Expressing "how often" | Subj. + 多长时间 + Verb + 一次 (+ Obj.) |
| Expressing duration of inaction | Duration + 没 + Verb Phrase (+ 了) |
| Expressing difficulty with "hao (bu) rongyi" | 好(不)容易 |
| Resultative complement "huai" | Verb + 坏了 |
| Comparing "gang" and "gangcai" | 刚 vs 刚才 |

## CHAPTER 5

| | |
|---|---|
| Resultative complement "kai" | Verb + 开 |
| Verbing away using "zhe" | Verb + 着 + Verb + 着 + 就……了 |
| Comparing "chao" "xiang" and "wang" | 朝 vs 向 vs 往 |
| All at once with "yixiazi" | 一下子…… |

| | |
|---|---|
| Indicating a number in excess | Number + 多 |
| zhao as complement | Verb + 着 |
| Just with "jiu" | 就…… |
| Already with "dou…le" | 都……了 |
| Comparing "weile" and "yinwei" | 为了 vs 因为 |

## CHAPTER 6

| | |
|---|---|
| Expressing "much more" in comparisons | Noun1 + 比 + Noun2 + Adj. + 多了 / 得多 |
| Comparing "benlai" and "yuanlai" | 本来 vs 原来 |

## CHAPTER 7

| | |
|---|---|
| "Cai" used for small numbers | 才 + Number + Measure Word + Noun |
| Expressing not knowing how to do something using "hao" | 不知道……好 |
| Result complement "-cuo" | Verb + 错 |
| Separable verb | Verb-Obj. / Verb + ……+ Obj. |
| Verbing around with "lai" and "qu" | Verb + 来 + Verb + 去 |

## CHAPTER 11

| | |
|---|---|
| Expressing comparable degree with "you" | A 有 B + Adj. + 吗? |

# Credits

**Original Author :** Charles Dickens
**Editor-in-Chief :** John Pasden
**Content Editor :** Chen Shishuang
**Adapted by :** Yang Renjun
**Producer :** Jared Turner

## Acknowledgments

We are grateful to Chen Shishuang, Song Shen, Zhao Yihua, Yang Renjun, Yu Cui, and the entire team at AllSet Learning for working on this project and contributing the perfect mix of talent to produce this series.

Thank you to our enthusiastic testers Vanessa Dewey, Jacob Rodgers, Amani Core, Dominic Pote, Daniel Lundqvist, and Ben Bafoe.

Thank you to Heather Turner for being the inspiration behind the entire series and never wavering in her belief. Thank you to Song Shen for supporting us, handling all the small thankless tasks, and spurring us forward if we dared to fall behind.

Moreover, we will be forever grateful for Yuehua Liu and Chengzhi Chu for pioneering the first graded readers in Chinese and to whom we owe a debt of gratitude for their years of tireless work to bring these type of materials to the Chinese learning community.

# About Mandarin Companion

Mandarin Companion was started by Jared Turner and John Pasden, who met one fateful day on a bus in Shanghai when the only remaining seats forced them to sit next to each other.

John majored in Japanese in college in the US and later learned Mandarin before moving to China, where he was admitted into an all-Chinese masters program in applied linguistics at East China Normal University in Shanghai. John lives in Shanghai with his wife and children. John is the editor-in-chief at Mandarin Companion and ensures each story is written at the appropriate level.

Jared decided to move to China with his young family in search of career opportunities, despite having no Chinese language skills. When he learned about Extensive Reading and started using graded readers, his language skills exploded. In 3 months, he had read 10 graded readers and quickly became conversational in Chinese. Jared lives in the US with his wife and children. Jared runs the business operations and focuses on bringing stories to life.

John and Jared work with Chinese learners and teachers all over the world. They host a podcast, You Can Learn Chinese, where they discuss the struggles and joys of learning to speak the language. They are active on social media, where they share memes and stories about learning Chinese.

**You can connect with them through the website**
www.mandarincompanion.com

# Other Stories from Mandarin Companion

## Breakthrough Readers: 150 Characters

*The Misadventures of Zhou Haisheng*
《周海生》
by John Pasden, Jared Turner

*My Teacher Is a Martian*
《我的老师是火星人》
by John Pasden, Jared Turner

*Xiao Ming, Boy Sherlock*
《小明》
by John Pasden, Jared Turner

*In Search of Hua Ma*
《花马》
by John Pasden, Jared Turner

*Just Friends?*
《我们是朋友吗?》
by John Pasden, Jared Turner

## Level 1 Readers: 300 Characters

*The Secret Garden*
《秘密花园》
by Frances Hodgson Burnett

*The Sixty Year Dream*
《六十年的梦》
by Washington Irving

*The Monkey's Paw*
《猴爪》
by W. W. Jacobs

*The Country of the Blind*
《盲人国》
by H. G. Wells

*Sherlock Holmes and the Case of the Curly-Haired Company*
《卷发公司的案子》
by Sir Arthur Conan Doyle

*The Prince and the Pauper*
《王子和穷孩子》
by Mark Twain

*Emma*
《安末》
by Jane Austen

*The Ransom of Red Chief*
《红猴的价格》
by O. Henry

## Level 2 Readers: 450 Characters

*Great Expectations: Part 1*
《美好的前途（上）》
by Charles Dickens

*Jekyll and Hyde*
《江可和黑德》
by Robert Louis Stevenson

*Journey to the Center of the Earth*
《地心游记》
by Jules Verne

---

**Mandarin companion is producing a growing library of graded readers for Chinese language learners.**

Visit our website for the newest books available:
WWW.MANDARINCOMPANION.COM

Printed in the USA
CPSIA information can be obtained
at www.ICGtesting.com
LVHW021937261124
797680LV00004B/534